가시 끝에 핀 꽃

김금자 시집

시음사
시사랑 음악사랑

시인의 말

제 삶을 돌아보니 하늘을 떳떳이 우러러볼 자신은 없다. 녹록지 않았던 인생살이 속, 나만의 인생 공간에는 진한 그리움과 아픔이 가슴속에 푹 박혀있는 듯하다. 그 감정을 슬쩍슬쩍 건드리다 보니 때론, 울컥거리기도 아련한 추억에 미소 짓기도 했다. 수많은 희로애락을 그리려니 아직 정제되지 않은 투박한 흐름이지만, 그래도 그 모든 역경의 징검다리 건너듯 한 슬픔과 그리움이 설령, 미완성 편지가 될지언정 단, 한 권의 시집으로 세상에 남기고 싶었다. 제 바람이 있다면 거미줄처럼 얽히고설킨 삶과 인연들을 잘 풀어가는 우리가 되었으면 합니다.

〈가시 끝에 핀 꽃〉 출간을 이끌어 주신 김재덕 시인 작가이신 스승님, 표지 그림을 기꺼이 선물한 최하정 시인님, 그리고 출판사 관계자분들 외 대한문인협회 김락호 이사장님과 저를 아는 모든 분께 감사함을 전합니다.

시인 김금자

✡1부: 가시 끝에 핀 꽃

2부: 라일락 향기

✤3부: 사랑은 그림자처럼

✡️ 4부: 꿈틀거리는 꿈

QR 코드　스마트폰으로 QR 코드를 스캔하면
시낭송을 감상할 수 있습니다.

제목 : 가시 끝에 핀 꽃
시낭송 : 박영애

제목 : 동그라미 속의 하루
시낭송 : 박영애

♥5부: 단풍보다 붉은 그리움

제목 : 줄 없는 손목시계
시낭송 : 박영애

제목 : 몽돌의 그리움
시낭송 : 박영애

제목 : 킹콩의 분노
시낭송 : 김지원

제목 : 묻어버린 약속
시낭송 : 박남숙

제목 : 고난을 넘어
시낭송 : 박영애

☆1부: 가시 끝에 핀 꽃

꽃 피고 새 울어도 오지 않고
불러도 대답 없는 자식 앞세운 가슴
가시 끝에 마르지 않은 피눈물 같아
앓는 소리조차 낼 수 없었단다~

곁눈질

겨울잠 깨어나라는
바람 소리가 들리는 듯
여기저기 꽃망울 터지는 봄날
골목길 옆 매화나무에
어제보다도
더 하얗게 핀 꽃송이들
꽃샘추위에 볼멘소리 들리니
겉옷 벗어주고 싶은 고운 자태를
곁눈질하며 설레던 연민은
너의 꽃물이 적신
연둣빛 희망을
가슴속에도 틔우고 싶다

가시 끝에 핀 꽃

돌 틈 사이 씀바귀꽃처럼
모진 삶마저 석양에 눈물짓던
부모님 헛헛한 웃음소리엔
퍼렇게 멍든 사연이 묻어난다

꽃 피고 새 울어도 오지 않고
불러도 대답 없는 자식 앞세운 가슴
가시 끝에 마르지 않은 피눈물 같아
앓는 소리조차 낼 수 없었단다

찬바람에도 춥지 않고
불길 속을 느끼지 못할 석고상처럼
굳어버린 어머니 마음을
편작의 약인들 치유할 수 있을까

감춰진 마음의 가시가 쿡쿡 찌르고
뽑아 버릴 수 없는 자식 생각에
살얼음판 같은 하루가 힘겨웠을 게다

그 슬픔에 멍울이 지고 만 가슴을
자식으로서 눈물 닦아 드리며
편안한 여생 보내시기를
하늘에 간절한 소망 하나 놓는다.

제목 : 가시 끝에 핀 꽃
시낭송 : 박영애
스마트폰으로 QR 코드를 스캔하면
시낭송을 감상할 수 있습니다.

10

어깨동무

아스팔트 틈새에 처절한 생
제 몸도 편치 않을 비좁은 공간에
엉겅퀴가 더부살이 청했을까

뿌리가 엉켜도 어깨동무한 삶
연정이 싹 트였는지 싱글벙글하다가
천둥, 비바람 몰아치는 날엔
서로 의지하며 부둥켜안은 비애 속

여린 꽃가지 살포시 내밀어
까칠한 어깨에 얹은 민들레의 온정
뽑히고 밟히고 꺾일지언정
꽃을 피우고 말겠다는 의지인지

그 고단한 세월에도
미래의 행복을 꿈꾸며
동색의 꽃을 피운 기쁨은 잠시였나

어느새 깃털 우산을 쓰더니
이별의 하얀 이야기만 남긴 채
마른 눈물조차 씻길 바람 부는 날에
또 다른 삶 찾아 훌훌 떠나버렸다

밤을 지새운 숱한 얘기는
그리움의 홀씨로 뿌리내리겠지.

가을 행보

은빛 가루 날리듯 가랑비 내린다

우산에 소곤대며 떨어지는 소리
몰래 삼키는 이별의 눈물인가
이 비 그치면 가을은 익어가겠지

푸르스름한 여명이 발돋움할 때
전깃줄에 걸려서 지지 못하는 달님
한가위 길목에서 만삭이 되어가고

달빛 가무 속에
귀뚜라미 세레나데 울려 퍼지는
새벽에도 잠 못 드는 마음이 섧다

노랗게 여문 벼 이삭
들녘은 한 폭의 그림이 되는
풍경들이 사그락사그락

이 좋은 가을날

갈바람 허수아비를 흔들어대면
파란 하늘이 쏟아질 것 같은
허허벌판 거닐 때

빈 가슴 채울 행복을 짓고 싶다.

빛바랜 추억

라일락 향기 짙어가는 계절
지난 추억을 사로잡는 발길에
봄을 시샘하는 바람이 분다

빛바랜 가족사진 속으로
추억 여행을 떠나며
세월의 흐름 속에 흐릿해지고
초점 잃은 두 눈에 이슬이 맺힌다

장식장 안에서 기능을 상실한 듯
한 곳만 응시하는 힘없는 눈동자는
화려했던 전성시대를 그리워하듯 말이 없다

카메라 망원렌즈 안에서
선명하게 비쳐오는 사물처럼
밝은 세상을 볼 수 있는
맑은 혜안을 가졌으면 좋겠다.

못 말리는 봄

봄바람 가지 끝에
헤벌쭉
꽃잎 열어

벌 나비 불러들여
질퍽한
사랑놀이

배꼽이 자지러지고
봇물 터져
지린다.

봄비가 음표처럼

추녀 끝에 떨어지는 봄비
음표에 장단을 맞추듯
리듬이 들녘으로 퍼져간다

실개천 버들강아지에
빗방울 아스라이 매달려
살랑거리는 바람결에 통통 뛴다

실눈 뜬 진달래 꽃봉오리는
속살 보일 듯 말 듯 한 껍질을 벗고
수줍게 미소 지으며 피어난다

묵은 갈잎 적시는 가랑비
나이테로 두꺼워진 고목에
허기진 배를 채워주면
늦둥이 새싹은 기지개를 켠다

필까 말까 망설이는 꽃망울
터뜨리기에 딱 좋은 비 내린 후
햇볕은 봄비가 뿌려놓은 음표 찾아
꽃망울과 새싹을 춤추게 한다.

사랑 꽃피는 계절

생애 가장 아름다운
다섯 번째 계절이 있다면
그 삶의 길목에서 잘 살아내고 싶다

살을 에는 꽃샘추위도
봄바람 불면 어쩔 수 없이 떠밀리는
가슴속엔 또 다른 사랑이 자란다

따뜻한 햇볕을 오물거린 꽃망울이
올망졸망 곁가지에 툭툭 터지듯
내 마음에도 펑펑 터졌으면 좋겠다

밤마다 달빛으로 멱을 감고
하얗게 피어나는 매화처럼
가슴에 백치 웃음이 피어나면

다섯 번째 계절 같은 사랑이 오겠지

듣고 싶은 사랑의 밀어
볼 빨개지더라도 해보고 싶은 말
'사랑합니다'
외쳐보고 싶은 계절이여!

송편처럼 빚어 보자

자두같이 탱글탱글하던 어머니 얼굴
자주 뵙지 못한 안타까움 가득한데
세월은 흘러 어느새 팔순
마른 대추처럼 주름살 골이 깊다

하현달처럼 한쪽 가슴 텅 비어
외롭고 쓸쓸했던 명절이었는데
지척으로 이사 오신 부모님 덕분에
보름달 같은 웃음이 귀에 걸렸다

삶의 무게에 짓눌려
성한 곳 없이 쑤시는 무릎과 허리
기력이 쇠하여 넘어진 상흔마저
은혜 갚을 길 없어 눈시울 붉어진다

자식 앞세운 슬픔이
아직 가슴 켜켜이 쌓여 있을 텐데
명절의 기쁨 뒤엔 수심이 드리워도
시린 속을 싸맨 예쁜 송편을 빚으련다.

어버이 고된 삶과 아픈 무릎에
듬직한 지팡이가 되고 싶다.

겨울꽃

가을의 오색 단풍과 국화 향이
아직 시들지 않은 감성으로
겨울꽃을 기다린다

뾰로통하게 흐린 날엔
앙상한 가지에 하얗게 피어나는 꽃
더는 무슨 말을 하리오

네가 올 때
털모자 쓰고 목도리 감으면
손모아장갑 긴 줄만큼이나
수줍은 소녀의 짝사랑처럼 설렜다

플라타너스에도 창틀에도
사뿐사뿐 날아 운동장을 메우면
교정이 떠나갈 듯 지르던 함성
아직도 귓가에 들릴 것 같은 그 느낌으로

겨울 문턱에 기다려지는 너
마냥 즐거웠던 옛 추억을 넘기며
가슴속 묻어둔 사연이 배어 나오면
촛불 밝히고 하얀 꽃 이야기 엮으련다.

동그라미 속의 하루

동그라미에 24개 시점이 있는 일상
쉴 새 없이 째깍거리는 초침은
나의 게으름을 일깨우고

여명이 산봉우리 넘을 때쯤
삶의 굴레 같은 어제를 벗기고
새 희망 가득한 인생의 옷을 입힌다

괘종소리는
분침 초침의 수고로움도 모자라
나를 일터로 향하라는 암시를 남긴다

오늘이라는 숙명을 따르며
자투리 시간을 붙잡아 글도 쓰고
대금 연습하면서 인생을 설계하란다

내려놓지 못한 힘겨운 자존심이
짐 진 것처럼 비틀거리게 하고
욕심으로 어긋난 마음을
초승달이 비웃듯 훔쳐보겠지만

변화를 꿰찬 투명한 삶은
바쁜 일상에서도 뿌듯함을 느끼듯이
보름달 같은 동그라미가 반기겠지.

제목 : 동그라미 속의 하루
시낭송 : 박영애
스마트폰으로 QR 코드를 스캔하면
시낭송을 감상할 수 있습니다.

19

숨겨진 것

아픔을 보이기 싫어
웃음을 귀에 걸고 살았다

슬픔은 마중물처럼
가슴에 웅크렸다가

건드리기만 해도
울컥거린다.

슬픈 두견화

두견화 꽃봉오리 맺힐 때, 산 그림자 어슬렁어슬렁 내려오면
소쩍새 울음에 가슴을 헤집는 밤, 산고의 진통 끝에 열리는 꽃
잎이 호롱불 심지처럼 붉은 두견화 연정은 오래된 열병처럼 그
리움이 돋친다

청사초롱 불 밝혀 수줍은 새색시가 시집가는 날, 비슬산 자락
꽃불처럼 번진 두견화 북적이는 상춘객 가슴속에 그림과 사진
처럼 추억의 한편이 아름다운 영상 시로 흐른다

예고 없이 찾아드는 꽃샘추위 봄눈 가시 질에 밤새 풀죽은 꽃잎
이 병색 짙은 언니를 닮은 듯 늙어버린 두견화 아름다운 새봄
을 한 아름 안겨주면 시든 꽃잎이 다시 피어나려나. 슬프고 아
린 봄이 나그네처럼 긴 터널을 터벅터벅 걸어간다.

낭만의 비

가을비가
밤이 새도록 낭만의 거리에서
시린 눈물을 또 훔치나보다

이름 모를 풀벌레 곡조가
뚝 끊긴 적막감에
그 소리가 그리울 정도로 잦아든
한 뼘 더 깊어가는 밤이 흘러가고

햇살에 바스락거리며
오선에 매달린 단풍잎 하나가
맑고 고운 음표가 된 듯
바람 타고 노래를 한다.

바람 속에 피는 꽃

전깃줄이 밤새우는
살천스러운 바람 소리에도
감자 싹이 돋듯 가지에 몽글린 꽃눈
봄 그리는 그리움과 숨바꼭질한다
버들강아지 개화에 강물이 트이고
선비의 지조와 절개를 자랑삼아
애지중지하던 애처의 발걸음처럼
살랑살랑 홍백색으로 만개한 자태가
춘삼월 새색시 볼때기같이 어여뻐
붓끝에서 열두 폭 병풍과
손끝에서 베갯잇 자수로 다시 핀다.
고결, 인내의 꽃말처럼
겹겹이 싸인 꽃잎을 열면
향기 진동하여 바람이 춤추고
꽃비 내리는 날엔
미려한 꽃망울이 맺힌다.

줄이 없는 손목시계

무너진 삶의 언저리에서
손목시계 하나 덩그러니 남아
슬픈 기억을 애써 외면하려고
장롱에 깊숙이 넣어두었었다

봄볕에 앉았던 자리마저
헛헛한 허무만 남긴 채 불현듯
흑백 사진 속으로 가버린 세월
서랍은 멈춰진 시침을 지키고 있다

황당함을 허공에 뿌려봐도
벽에 부딪힌 건 슬픈 그림자뿐
어둠이 깔린 미로처럼
희망의 빛은 보이지 않았다

삶의 무게에 해진 가죽끈 잘라내고
핏빛 얼룩이 남은 가슴속 사연을
떨어지는 봄비 낙숫물에
묵은 때를 씻듯 씻어내고 싶다

시계 부속품처럼
꼭 필요한 인생의 퍼즐 조각을
하나하나 꿰맞춰 명품이 아니라도
소소한 행복을 느끼며 살고 싶다.

제목 : 줄 없는 손목시계
시낭송 : 박영애
스마트폰으로 QR 코드를 스캔하면
시낭송을 감상할 수 있습니다.

24

어쩌란 말인데

매일 잠들고 눈뜨는
평범한 일상에서도
마음 가는 둥 마는 둥 한 갈림길에
고운 마음 달려와 버럭 안깁니다

뜨거운 바람결이 감정선 건드리면
금세 살랑거리며
내 마음 당신을 따라갑니다

오늘도 볕 좋은 양지에서
당신이 내 가슴 사이로 지나가기를
졸린 눈 비비며 실랑이하고 있네요

사랑스러운
새싹 같은 당신을 보려는
붉어진 마음 쏠리네요.

꽃이 진 자리

분홍빛 치맛자락같이
가슴 설레게 하던 봄은
꽃필 날 없는 삶에 바람같이 살려는
여인의 멍울을 안고 떠나간다

꽃잎 떨어진 빈자리에
옹골지게 들어앉은 열매는
겹겹이 쌓은 사랑의 목소리인가
흐드러지게 커져만 가는 모습
새아씨 볼때기 같아라

가지 사이 서로의 애틋한 마음
쨍쨍한 햇볕에 붉어지고
오가는 사랑의 눈짓으로
가슴은 실타래 풀리듯 방실거린다

지친 영혼이 턱 걸린 고갯길에도
대나무처럼 올곧게 살아가자며
사랑의 열매 붉게 맺어
즐거운 내일은 예쁘게 어깨춤을 추며
머리카락 휘날리고 싶다.

몽돌의 그리움

어쩔 수 없는 모정을 떼야 할 깊이를
철없는 동심은 몰랐을 겁니다
양지에 머물고 싶은 작은 소망도
잔잔한 바다가 더 아파한다는 것을
그때의 철부지는 몰랐습니다
바람이 밀물 썰물에 파도를 일으켜
몽돌이 운다는 것도 모르나 봅니다
그러던 철부지들이
밤이면 엄마 품 그리워 풀이 죽고
만나면 헤어지기 싫어 서럽게 웁니다
아물던 상처가 덧나듯 했을 겁니다
이젠 또 만날 수 있다는 것을 아는지
눈물 한 방울 흘리지도
뒤돌아보지도 않고 가버립니다
그 마음은 얼마나 아팠을까요
보고 싶어 울퉁불퉁했던 아린 마음
얼마나 다지고 다졌으면
동글동글 몽돌이 되어가듯 할까요
뒷모습이 아른거려 눈물이 맺힙니다.

제목 : 몽돌의 그리움
시낭송 : 박영애

스마트폰으로 QR 코드를 스캔하면
시낭송을 감상할 수 있습니다.

꽃잎에 떨어진 가을

초록이 돋보이는 오후
연분홍빛 설레는 가슴은
빨강 봉선화처럼 붉어진다

팔월을 놓지 못한 무더위에
가슴골 맺힌 땀방울이
미끄럼을 타듯 흘러내린다

반질반질한 장독대 옆
봉선화 몇 송이와 초록 잎 따서
절구에 찧어, 라면 봉지로
싸매주시던 어머니 생각에

출가한 딸과
예쁘게 핀 봉선화 꽃길에서
감탄사 연발하며 사진을 찍어
까만 씨 속의 추억마저 담았다.

꿈꾸는 바다

몽실몽실 밀려오는 그리움
하얀 포말로 부숴버리는 파도여
쪽빛 하늘을 닮아 서러움을 더하는
바다를 품어보련다.

납작 엎드린 윤슬에
임 향한 그리움 일렁이지만
무심한 그대 생각에 잠긴 상념은
물거품으로 부서진다

석양 노을 품에 안기면
가슴에 스며있는 동백꽃이려나
붉게 물든 사연 배어 나오면
튼실한 젖가슴 같은 포근함이
그립고 그리워 가슴 무너진다

보고 파도 오지 못할 당신
박힌 설움 토한 바다에 닻을 내리면
가슴 할퀴는 파도 소리에
내려앉은 아픔은 몽돌이 되어간다

달빛 어린 윤슬의 바다 위
홀로 이 돛단배 춤을 추면
크루즈 여행을 꿈꾸던 내 삶의
당신 바라기는 섧다.

달아

장대 끝에 노니는 보름달
어둠 속에 흐느끼는 소슬바람
옷깃 여미는 손끝이 차다

쓰르라미 소리마저 잦아드는
달빛 어린 길 호젓이 걸어보니
달무리 되어가는 듯한 그리움
가슴에 고여 넘쳐흐르면
옹달샘물처럼 퍼마셔야겠지

담장 옆 감나무에 달린 감들은
밤새 달빛 그네를 타다
몰래 보름달을 베어 물었는지
아침이 되면 달을 닮아간다

그 뜨겁던 여름날은
먼 기억처럼 잊혀가고
황금 물결 속의 허수아비 춤사위에
호들갑 떠는 참새떼처럼
아침저녁으로 옷맵시가 바뀌는

세월의 흐름 속에
달처럼 차고 기울면서
우리네 인생도 그렇게 흘러간다.

노인

철 지난 옷자락엔
지나온 세월의 흔적이 묻어있다

굽어진 등 앙상한 손가락은
마디마디 휘어지고 굳은살이 배겨
파지를 줍는 고단한 인생에
삶의 표정이 일그러졌다

굵게 패인 주름 사이로
흐르던 땀이 가슴골로 내리고
해진 적삼 소맷자락이
노인의 애달픈 삶을 말해준다

힘겹게 사는 노인
젊은 날 사랑을 추억하는지
낡아빠진 신발을 바라보면서
굳게 다문 입은 말이 없다

작은 손수레 밀고 가는 뒷모습이
늙은 어머니의 모습을 보는 듯
절뚝이는 발걸음 안쓰러워
지팡이 하나 건네 본다.

킹콩의 분노

동네 골목길 양심 거울 밑에
킹콩의 눈빛이 예사롭지 않은 건
양심 없는 주인을 꼬집는 듯하다

며칠째 눈도 감지 못하고
음지에 지샌 나날의 까칠함은
까만 흙먼지 뒤집어쓴 울음이었다

한때는 사랑 듬뿍 받았을 텐데

문득,
내 옷장과 막내딸 옷장에도
입고 뽐내주길 기다리던 옷가지들
사뭇 세월의 먼지만 쌓여있다

기억의 징검다리 건너듯 잊고 살다가
철 지난 추억 속의 옷과 장신구들이
꼭 필요한 존재였던 사치품들인데
비닐봉지가 배 터진다 아우성친다

아직도 킹콩은 비정함을 삼키며
지나가는 사람들 그림자만 쫓는데
인간사 보는 것처럼 한숨 절로 난다

내일은
저 음산한 눈빛 사라졌으면 좋겠다.

제목 : 킹콩의 분노
시낭송 : 김지원
스마트폰으로 QR 코드를 스캔하면
시낭송을 감상할 수 있습니다.

☆2부: 라일락 향기

오늘도 별꽃 흔들리는 언덕에
영산홍 봉오리 달싹달싹 붉어지고
봄볕에 저리도 살랑거리는데
동백꽃 떨어지듯 황망히 가버린 언니~

목련

눈부신 하얀 목련
가슴이
딱 막힌다

외로운 백야의 밤
소쩍새
구슬프고

차오른 달빛의 향연
그 그리움
하얗다

돌아오는 길

봄꽃으로 치장한 계절의 길목에
불쑥 찾아오는 환절기 감기처럼
시샘하는 꽃샘추위에 질리듯

벚꽃이 하얗게 내려앉은 길에
꽃잎이 하도 서러워
아침 햇살 몰래 눈물 훔친다

때아닌
4월의 꽃샘추위가 눈비로 내릴 때
밤새 피하지 못해 초췌해진 몰골
병색 짙은 언니를 닮은 듯 안쓰럽다

가는 봄 서러워 마라
그 붉던 입술이 생기를 잃어
진달래 파리해진 모습처럼
그렁그렁 눈물이 맺혔다

마주 보는 뜨락에
한 아름 열매로 안겨 줄 걸 아는지
영산홍 붉은 꽃망울이 입꼬리 올린다

미소 짓는 것도 잠시
약봉지 들고 돌아오는 길이
슬프지만은 않다.

화장을 고치며

달도 졸리는 시간
먹이 낚아챌 거미줄에 매달린
이슬방울 같은 아슬한 인생
반쯤 뜬 눈은 오분만을 외쳐댄다

늦잠을 자는 날에는
화들짝 놀라 뛰쳐나갔고
지하철 기다리는 짧은 시간에
후다닥 못다 한 화장을 고친다

숨돌릴 시간도 없이
날마다 의식을 치르듯 일하며
타인의 빈자리까지 메꾸는 날은
가뭄 든 들꽃처럼 휘청거린다

가슴엔 땀방울이
곡예 하듯 흘러내리고
땀 닦는 손수건 축축할 때
분칠한 얼굴은 고랑을 이룬다

지친 하루가
창문에 기웃거리면
고단한 일에 소금꽃이 만발이지만
엷은 미소의 뿌듯함이 집을 향한다.

감나무에 걸린 추석

이른 한가위를 맞아 시장통이 시끌벅적하다

추석 용품을 팔려는 외침들
저렴하게 사려는 실랑이로 북새통이다

링링 태풍의 심술로
상처 난 가을이 울고 있다

아직 감나무에 열린 감은 푸른데
밤새 볼 터지게 보름달 베어 물었는지
항아리에서 고추장처럼 붉다

온 세상을 비추는 넉넉한 보름달처럼
사람들에게 단맛을 주고 싶은 걸까

추석 때면 홍시를 좋아하시던 할머니
둥글넓적한 얼굴이 보고 싶다.

묵은 상념을 떨치며

갈바람에 팔랑거리던 흔적들이
책갈피 속에 추억으로 잠들고
더러는 가을 거리를 휘젓는다

이렇다 할 추억 하나 없이
시끌벅적한 상념만 무성하고
서리맞아 떨어지는 낙엽처럼
푸르뎅뎅한 사연이 가슴에 박혔다

이 가을이 가고 나면
섧던 추억의 멍을 지워버리고
얼었던 마음을 화롯불에 녹이면
내 가슴속엔 시냇물 소리는 날까

돌덩이 올려놓듯 무겁던 마음은
지하철 터널 속을 벗어나듯이
불만족을 토해낸다

아린 듯 시린 가슴 감추고
뜨겁던 청춘이 계절을 태우듯
덜커덩 요란한 길 끝에서

너덜너덜한 생각을 홈질하고
외로움에 피폐한 영혼을 어루만지며
아름다웠던 날로 돌아가련다.

쓴 약 같은 세상

갈바람이 몰고 온 햇볕이 참 좋다

솜털 구름은 하늘에 수를 놓아
더없이 평화롭고 행복한데
내 눈가엔 슬픔이 던져 놓고 간
부스러기 같은 이슬이 맺힌다

알아갈수록 약처럼 쓰고
삼키기 어려울 만큼 녹록지 않은 세상
꿀이라도 발라졌으면 좋으련만..

거목에서 추락한 낙엽이
벌레와 태풍이 할퀸 모습으로
바람에 쓸려 간들 뉘 알아줄까

참 좋은 날에 가슴 시린 것이
내 몸 어딘가에 구멍이 뚫렸나 보다.

라일락 향기

봄날에 꽃비가 휘날린다
벚꽃 진 자리엔 향기가 묻어나고
보랏빛 라일락은 변함없이 반기는데
그 꽃을 좋아하던 언니가 보고 싶다

오늘도 별꽃 흔들리는 언덕에
영산홍 봉오리 달싹달싹 붉어지고
봄볕에 저리도 살랑거리는데
동백꽃 떨어지듯 황망히 가버린 언니

이 좋은 봄날에
무슨 희망의 꽃으로 피어났을까

길가의 뫼에 제비꽃이 피어
잠자는 영혼을 위무하는 듯
흰나비 너울너울 뫼에서 노닌다

홀로 걷는 산책길
하얗게 떨어지는 꽃잎을 보니
언니 생각에 자꾸 눈물이 흐른다.

우산 꽃

흐린 날에는 우산을 준비한다

갑자기 쏟아지는 날엔
학교 간 아이들 마중하러 가고
여우비 내릴 땐 헛발 걸음 한다

문득 옛적 생각이 난다
장맛비에 젖은 질퍽한 운동화는
아뿔싸 흙탕물 풀물 들었었지

어릴 적 그 모습들 어데 가고
수숫대처럼 껑충 자란 아이들
제짝하고 늦게까지 알콩달콩 하는데

이젠
엄마의 우산이 필요 없나보다

알록달록 우산 꽃 피는 날에
정류장에서 기다린 묵직한 사랑을
팔짱 끼고 느껴보면 안 되는 건지

더는 숨길 수 없는 콩닥이는 가슴
흠뻑 젖은 도로에 불빛이 반사되듯
세레나데를 듣고 싶은 그리움이
유리창의 빗물처럼 흐른다.

가을 찾기

갈바람 팔랑팔랑 부는 날
바지랑대 끝에서
곡예 하는 고추잠자리
여린 날갯짓 하며 가을 물결을 탄다

그 옛날

만국기 펄럭이던 운동장
풍선 터트리기 기마전 하던 동무들
그립게 하는 하늘은
가슴 시리게도 파랗다.

햇살에 녹은 얼음

한겨울에 앙상한 나목이
여름 옷가지 걸친 듯한 황량함에
굳건한 마음으로 온기를 더해보지만
시린 가슴에 찬바람이 더께 간다

핏기없는 얼굴은
솔가지가 후딱 타버린 잿빛 같고

가시넝쿨이 햇볕을 가린
여린 새순을 찌르는 가시 질에
심장에서 피눈물이 흐르는 듯 아팠다

내밀 것 없는 빈손이 부끄럽고
힘 실어준 이 없는 세상이 싸늘하여
싹을 틔워야 할 나목은
숨죽여야 할듯한 그 무엇에 억눌렸다

어느 날
행복이란 봄볕이 아장아장 걸어와
옆구리 푹푹 질러대더니
인생의 물꼬가 트일 것 같이
새순이 돋아 희망의 꽃봉오리 맺는다

그렇게도 시리고 아린 가슴에서도
시냇물 소리가 난다.

살다가

살다가 해진 옷가지처럼
상처 난 마음이 너덜거릴 때면
말없이 곁에 있어 드릴게요

빈 가슴에 허무가 밀려들 때도
따뜻한 사랑으로 바느질하여
그대 가슴에 덧대어 줄게요

세월 따라 바람 따라
사랑이 갈대처럼 흔들거린다면
고개 틀 일 없도록 박음질을 할게요

삶이 속이고 사랑이 비틀거리고
괜스레 미운 마음 찾아들 때
행복했던 추억들을 꺼내어
웃음 가득한 꽃길 펼쳐드릴게요

봄비 머금은 무지갯빛 사랑으로
우리 가슴 촉촉해질 수 있도록
매직처럼 꿈꾸고 싶어요

사랑하는 임이시여
그 어떤 힘겨운 인생길이라 해도
우리 함께 가보고 싶어요.

인생살이

어제 흘린 눈물의 의미가
깊었다면
내일 반드시 웃는다

고로
아픔을 준 이, 원망치 말고
감사하는 포부라면 발전한다

또, 봄

남녘 봄꽃들이 만개하여
봄바람 살랑살랑 자랑질에
인 꽃들도 출렁이며 콧대 높인다

영장산엔 더딘 봄바람인지
실눈 뜬 꽃봉오리가 잦은 바람에
옹알이하는 아기처럼 예쁘구나

지난봄 화사하게 핀 너에게
흠뻑 빠졌던 그 추억 더듬는 산행길
봄볕에 노니는 산새들과 뻐꾸기가
꽃망울 깨우려 애를 쓴다

내일은 눈이나 비가 내린다는데
가지에 머문 어설픈 봄기운
꽃샘추위로 뒷걸음치겠지

벌 나비 속을 까맣게 태우고서야
아치형 둑길에 나풀거리는 봄볕처럼
꽃비가 내릴까?

갈증

목구멍까지 타들어 가는 갈증을
냉수 한 바가지 들이킨 느낌처럼
시원하게 쏟아지는 빗줄기

속옷까지 흠뻑 적시는 비를
대지는 스펀지처럼 흡입하지만
스미지 못한 빗물은
낮은 아스팔트를 질주한다

감정의 벽을 두고 실랑이를 하듯
눈과 마음으로 바라보고 느끼는
장대비 음률에 눈물을 놓는다

그 가뭄에도 덤덤히 해거름 하듯
그립던 빗줄기 같은 사람
내 가슴 뿌리까지 타들기 전에
소낙비로 오려나 눈시울 붉어진다.

달빛에 젖어

밤하늘 혜성처럼
우연한
눈빛 설렘

별똥별 쏟아지듯
가슴에
파고든다

이제는 고마움마저 느껴지는 사람아

그립고 보고파서
애가 탄
동그라미

가슴을 쓸어내며
둥근달
파헤친다

눈물이 달빛 가리는 몹쓸 놈의 사랑아

춤추는 검정 봉지

허리띠 졸라매도
나아질 것 없는 세간살이
부모님과 조촐하게 명절을 준비한다

떡국 끓일 양지머리 한 근
요리조리 갈빗살 발라 봉지에 담아주며
정육점 아저씨 싱글벙글한다

커다란 들통에 핏물 우려내고
배와 양파를 갈아 온갖 양념 버무려
물기 뺀 토막마다 골고루 입혀
압력솥이 달그락거리며 향기 뿜을 때

설쇠러 올 자식들 먹일 생각에
달곰한 육즙과 뜯는 재미가 쏠쏠한
맛있는 미소가 배어난다

뼈가 쏙 빠지도록 잘 익은 살점을
호호 불어 아버지께 드리니
뼈대 가문이 역시 제격이라시며

불편한 치아인데도
맛있게 드시는 모습을 보노라니
가슴이 짠하게 조여든다.

흰죽 한 사발

가을이 뭉텅 베어나간 듯
앙상한 가지의 쓸쓸함과
뒹구는 낙엽의 사연이 끝나지 않은
가을비가 내리는 날

반갑지 않은 불청객은
내 몸속으로 꾸역꾸역 디밀고
잦은 기침 가래와 두통으로
전신을 몽롱하게 짓밟아도
약봉지와 주사에 실랑이 벌인다

젖 먹던 힘까지 버텨 보지만
녹초가 되어 깊은 잠에 빠져들고
연로한 어머니는 이른 아침부터
흰죽 한 사발을 들고 오신다

무슨 대수겠냐마는
구수하게 쑤어 오신 죽 한 그릇을
게 눈 감추듯 뚝딱 해치우고

걱정스러운 노모의 손길에
40년의 고달픈 삶이 녹아내리고
이순의 나이에도 행복했나 보다.

땡감

온실 속에 화초 같은
철없는 땡감을
떫다고 타박하지 말아라

채우고 비움이 힘들어도
끓인 소금물에 우려내면
먹을만한 감이 된다.

떨어진 꽃잎인가

온갖 꽃잎의 미소로 행복했던 날들
살랑거리는 봄바람에 자지러졌었지
화사함은 꽃샘추위에 떨고
봄비에 파리하게 야위어가던
뿌루퉁한 4월 상처만 남는다
목련의 우아함도 흐드러지던 벚꽃도
꽃비로 가버린 그 순간들
우중충한 마음은 흐린 날씨처럼
붉어진 눈시울에 무너진다
슬픈 상념은 유성 꼬리를 물듯
가로등에 비친 꽃잎에 꽂힌
휑한 가슴의 허기짐은
가뭄에 감질나는 가랑비 같다
5월과 실랑이하던 4월의 미련은
끝내 말없이 사라졌다.

달빛에 어린 꿈

가로등 게슴츠레 실눈 뜨는 골목길
무심한 달빛에 비친 포도의 여린 순
꽃대 세우며 노란 꽃을 피운다

달무리 진 밤엔
잎새 뒤에 숨은 가느다란 줄기가
더듬이인 양 살금살금 뻗어간다

골목길 지나던 바람이 전해준 이야기
눈물 콧물 찔끔거렸던 고된 삶 속에
어라, 올망졸망 맺힌 포도 알맹이가
숫처녀 젖꼭지같이 앙증맞다

어느새 칠월의 햇볕에
알알이 영근 날을 손꼽아 기다리며
네 곁을 지날 땐 곁눈질로 훔쳐보던
지난여름 짙은 추억이 생생하다

너의 숨긴 꿈 벗겨버릴 오늘 밤
은은한 달빛이 가슴을 파고드는데
은쟁반 위의 누운 풍만한 자태에
설레는 벌렁거림 지그시 눌러 본다.

가을빛으로

갈바람이 얼마나 사랑했으면
잎새가 울긋불긋한 단풍잎처럼
저리 예쁜 가을빛으로 물들까

홍엽처럼 붉어지고 싶고
노란 국화 향기도 닮고 싶을 만큼
가을처럼 익어가고 싶다

은빛 억새꽃으로 머리 치장하면
누가 나에게 뭐라 할까

이 가슴 달빛을 머금은 홍시처럼
불그레한 사랑으로 영글고 싶은데
마음도 몰라주는 저 미련 곰탱이
가을은 가을비 따라 깊어만 간다.

열매가 영글듯이

삐틀삐틀 끄적인 글이었지만
까마득한 옛친구가 했던 말
"넌 학교 때부터 글 쓰는데 소질 있었어."

무엇을 썼는지 기억이 없는데
글 꽃이 활짝 필 그날만을 그리며
내면의 골짜기에 글 씨앗을 심고
감성을 부추겨 여린 싹을 키웠다

시인 등단이라는 축포가 터지던 날
환희의 깃발에 춤을 추고
지던 노을이 태양처럼 떠오르듯이
심장에 팡파르가 펑펑 울렸다

올해의 시인상이 디딤돌 되어
매끄러운 시연의 음률을 타는 낭송은
문맥과 주제를 돋보이게 했다

글쟁이라는 한계의 턱을 넘어
부지런히 달려온 기해년
득실을 논하는 마지막 달력 앞에서

경자년 새해는 나의 해로
깊이 우러난 맛깔스러운 샘물처럼
고운 시향으로 삶의 꽃을 피우련다.

탱탱볼의 어깃장

어디로 튈지 모를 탱탱볼같이
팽팽한 긴장감이 감돌고
치밀어 오른 감정은 출구를 찾아
밀폐된 공간에서 서성거렸다

불신의 벽에서 튕겨 나간
불화살이 여린 심장을 관통하고
몹쓸 언사로 가슴을 할퀴었다

아뿔싸 이 일을 어쩌랴
평생 씻기지 않을 맘에 없는 소리가
종잡을 수 없는 탱탱볼이 되어
막내딸 가슴을 아리게 한다

기억날 때마다 아플 텐데
한순간의 실수가 마음의 벽을 만들고
눈빛조차 마주치지 않을 것 같더니
며칠 지나서야 말문이 열린다

산고의 진통보다 더 괴로운 기다림..

진심 어린 사과와 용서를 구하며
이젠 탱탱볼 어깃장의 바람을
쑥 빼고 살아야겠다.

철들어 가는 계절

봄날이 피어가는데도
피지 못한 멍울같이 아리고
머릿속은 실마리가 잡히지 않아
상념의 나래는 깊어만 간다

꽃들은 신부처럼 예쁘게 단장하고
향기는 벌 나비를 춤추게 하여도
행복은 비껴가는지 묵상이 흐른다

저만치서 손을 흔드는 예감처럼
밤새 여우비 같이 찔끔거린 눈물은
울적한 웅덩이 속으로 스민다

내 마음 몰라준다고 투정하며
존재감 없이 흘러가듯 한
외로운 심사 알아주길 바랐건만

산수유 진달래는
봄바람에 곱게도 흔들거리는데
가슴은 더디게 봄을 지핀다

파릇파릇 돋아나는 새싹처럼
알량한 자존심마저 버려야 할 봄날에
해맑은 음표를 매달련다.

여물리는 마음

빈들 같은 마음에
행복을 가득 담으면

익어가는 열매처럼
속이 꽉 찬 진실함으로
단맛이 배어날까

알곡을 여물리는 햇살같이
뜨거운 마음으로 사랑하면

항아리 속 된장처럼
깊은 맛 우러나겠지.

☆3부: 사랑은 그림자처럼

자꾸만 뒤돌아보는 연분홍 추억
발끝에 따라붙는 사랑의 그림자처럼
내 곁을 지켜주던 당신

봄날이 간다

만물이 요동치는 봄
두견화 엉겨 붙은 꽃잎처럼
찰싹 달라붙어 꽃물로
흥건히 적시듯 사랑을 한다

사랑 찾는 몸부림에
안달이 난 것 같은 벚꽃이
사시나무 떨듯 부르르 꽃비를 뿌린다

손끝만 스쳐도 쏟아져 내릴
눈물 머금은 꽃잎에
추억을 촘촘히 수놓아
간직하고픈 꽃 수건 한 장

짧은 만남은 늘 숨 가쁘게 하고
돌아서는 마음은 눈시울 훔치며
금세 그립다고 애달파 한다

지나가는 봄날이 서럽다.

열대야

태양이 뿜어낸 오수의 하품인가
미로를 헤매는 듯한 찜통의 열기
후줄근한 밤이 지새기를 뒤척인다

소금꽃을 피워 매끈한 몸매에
덜덜거리는 선풍기가 농을 걸 때
어느새 여명이 손짓한다

헐떡거리던 광란의 밤은
빗줄기에 하얗게 떠내려가고
벌겋게 달아오른 눈꺼풀이
흐느적거리던 몽롱함을 꿰맨다

고집 센 열대야를
이쁜 태풍이 얼레고 달랬는데도
아직도 생떼를 부린다.
어린아이처럼.

가을의 편지

한여름 찌는 더위를 벗어나
시원한 가을인가 싶었는데
어느덧 가을 끝자락인 허허벌판
쓸쓸한 허수아비 주변에서 맴돌던
휑한 바람이 가슴을 헤집는다

가을을 닮은 찻잔에
국화꽃 한 송이 띄우면
그 고운 빛 함께 마실
오직 한 사람 그대가 곁에 있으면
가슴 따뜻해지겠지

은행나무 가로수 길 걸으며
가슴에 쌓아 놓은 수많은 이야기
샛노란 은행잎으로 편지를 쓴
이 가을날을 당신에게 보내고 싶다

마음 정갈하게 다지며
향수를 뿌리지 않아도 향기 나는
국화꽃 닮은 모습으로
사랑 담아 보낼 편지 한 통을
가만히 가슴으로 안아본다

그대 생각하면서.

석류처럼

잎새 뒤에 숨은 꽃이라도
가시에 찔리고 상처 난 꽃일진대
꽃샘추위도 모르고 피었을까

때론 불덩이 얹은 고단한 삶을
풀 길 없던 가슴앓이가
끝내 볼품없는 열매를 맺는다

오래된 비밀을 공개하는 석류가
붉은 피를 뚝뚝 흘리는 것처럼
속내의 봉인을 떼고

내면의 씨와 즙을 짜듯
말 못 한 사연 콕 찍은 시어로
심혈을 기울여 엮은 글은
나의 깨달음이요 인생이었다

껍질 속의 빼곡한 석류알처럼
몽글거리던 한 서림 일깨워
민낯으로 선보는 글쟁이가 되련다.

남겨진 마음

못다 한 아픈 사랑을
추억으로 어루만질 때가
소소한 행복인가 봅니다

호롱불 심지가 다 타버린
칠흑같이 어두운 밤
하고 싶은 말이 맴돌아도
끝내 못하고 미소 짓던 그 날

심장 울렁이는 설렘으로
질리지 않는 사랑을 나누며
삶에 향기 채우며 불태우던 밤

장롱 속 집문서처럼 슬쩍 꺼내 느끼는
짜릿한 사랑을 보자기에 싸듯
가슴에 꾹 눌러 담습니다

벌겋게 달아오른 노을인 양
동동거리던 장밋빛 사랑을
창가에 매달아 놓는 것은

그대만 몰래 보라는 마음인데
눈치 없는 인간이
속도 몰라주고 애만 태운다.

오해

마음 오가는 길은
예민한 감정선으로
작은 걸림에도
고이는 물 같다

가슴속에
끙끙거린 속내
물꼬를 터줘야
원활하다

봄이 머문 자리

볕 좋은 언덕의 울타리가 된 개나리
밤하늘의 별처럼 꿈꾸게 하고
목덜미 하얀 목련을 보고 또 쳐다본다
벚꽃은 올망졸망 앙증맞던 봉오리가
풍만한 자태로 한껏 피어난 얼굴
눈길 한번 준 것에 마음 빼앗겨
저절로 발걸음 멈춰진다
살짝 발그레한 새아씨 모습
연둣빛 이파리랑 눈 맞춤하며
바람에 휘날리는 꽃비가 너무 예뻐
자꾸 핑크빛으로 물들어간다
설레던 가슴이 콩닥거리고
짧은 사랑에 애태울 심장은 아직 벌렁 이는데
벌써 이별을 예고하는 꽃잎은 꽃비로 떨어지고
꽃술에 벌 나비가 뒹굴던 자리에는
사랑의 증표 야무지게 익어간다

밤 소동

미남도 아니면서 까칠한 녀석
딱히 친하지도 않은데
사이렌 울리듯 한밤중에 불러댄다

밤마다 귀찮게 구는 버르장머리
본때를 보여줘야겠다는 것이
그만 내 볼때기를 치고 말았다

그 꼴이 우스웠는지 약 올리듯
찌르고 도망가는 걸 잡아 볼 심사로
불 켜고 구석구석 뒤져봐도 묘연하다

불 끄고 애써 잠이 스르르 들려는데
아뿔싸 또 당하고 말았다
벌떡 일어난 순간 전쟁은 시작되고..

널 잡고야 말겠다는 옹졸한 마음으로
온 집안을 훑는 눈동자 레이더에
숨어 있던 얄미운 녀석이 보인다

파리채를 잽싸게 휘둘렀으나
미꾸리처럼 빠져나가 버리니
준비한 에프킬라를 발사해버렸다

건들긴 왜 건드니
애송이가 까불고 있어!

해후

더위가 서너 걸음 물러선 걸까
꽃피고 신록이 뜨겁던 계절은 가고
미련 남아 핏대 세우는 매미
여름의 편린들이 달빛처럼 흐른다

땡볕에 빨갛게 익은 가을빛 고추
달빛 가무에 목청 돋우는 귀뚜리
음률을 타듯 흐르는 갈바람 때문인지
구릉지에서 휘파람 소리가 난다

잎새가 칼날 같던 억새도
갈산에 하얗게 꽃으로 피어나고
여름과 가을을 매듭짓듯
설익은 마음들이 고개 숙인다

빛바랜 감성 헤집어 떠난 산행
크고 작은 산을 넘어 깨우친 이 마음
메아리 되어 전해지면
두 마음 단풍빛으로 해후하겠지

이 좋은 날
은빛 물결이 내 마음 같다.

불쏘시개 사랑

마음속의 생각을 지우려 해도
자리 잡은 사랑의 멍울
눈 꽃송이처럼 소복이 쌓인
그리움은 커져만 간다

보고 싶은 마음이
초가집 굴뚝 연기처럼 피어오를 때
군고구마 같은 따뜻한 사랑
한입 건네주는 사람 그대였으면

영하의 날씨에도
막대사탕의 달콤한 입맞춤
야릇한 멜로디로 온몸이 따뜻해지는
장작 지피는 불쏘시개 사랑 하나가
당신이었으면 좋겠어요

내 사랑이
꺼지지 않는 불꽃으로 타올라
행복한 인생이길.

묻어버린 약속

용기 내어 홀로 나서는 여정
쏟아지는 햇살을 피하려
챙 넓은 모자를 눌러 쓰고

초록이 출렁이는 잎새들 사이로
시처럼 아름다운 하늘 도화지에
청아한 풍경 소리 그려놓는다

아픈 듯 시린 가슴에
뜨거운 칠월의 햇볕을 한 움큼 얹어
식어버린 심장을 달굴 마음으로

언니 생일 때 제주도 여행 가자던
지키지 못한 약속을 가슴에 묻고
그 마음 달래려 꽃구경하련다

못다 핀 꽃봉오리가 수줍은 듯
연잎 뒤에 숨어 햇살과 속살거리고
어느 꽃대에 피워볼까나 하듯이
사월에 멈춰 버린 꿈이 기웃거린다

붉어진 눈시울 노을빛 속에 숨기며
가슴 밑바닥에 가라앉은 슬픔과
휘휘 저어 두물머리에 토해낸 깊은 상념을
땅거미에 매달아 내려놓는다.

70

제목 : 묻어버린 약속
시낭송 : 박남숙
스마트폰으로 QR 코드를 스캔하면
시낭송을 감상할 수 있습니다.

밥솥 같은 사랑

여든을 넘기시고서야 정든 곳을 떠나
딸 곁으로 세간살이 옮긴 뒤
대문 걸어 잠근 이웃이 낯선 때문인지
까탈스럽게 어머니만 들볶으신다

맛있는 먹거리 사다 드리면
언제 그랬냐는 듯이 환한 얼굴에
입꼬리가 귀에 걸리다가도

앞서 보낸 아들딸이 보고 싶어
가슴 에이도록 먼 하늘 쳐다보며
할 말이 목젖에 매달리셨다는 말에
애써 참았던 눈물이 왈칵 쏟아진다

닳고 닳은 손마디에 새긴 삶
앓는 소리 빗물처럼 새어 나와도
골목마다 버려진 종이와 헌 옷가지 주워
고물상에 판 돈으로 새 밥솥을 사주셨다

갚을 길 없는 어버이 내리사랑
새 밥솥에 사랑의 마음 가득 담아
따뜻한 밥 지어 드릴 수 있게끔
건강하게 오래오래 사셨으면 좋겠다.

낙엽

붉어질 만큼 붉어져야
낙엽처럼 춤춘다

한 고개 두 고비 세월에
휘어지고 달궈진 인생처럼

농익어서 부는 바람이
꽃잎 같아 섧다

세 치 혀 놀림

앞마당 사과꽃이 하얗게 핀 봄날에
아버지와 텃밭으로 갔었지
물집이 생기도록 흙을 고르면
구슬땀이 흘러 옷에 베일 때쯤
이랑이 예쁘게 드러나는 화전에
씨감자와 배추씨를 심고 가꿀
곡괭이와 삽은 그림자처럼
손에 들고 다니신 아버지
여름 장마 들 때면 물고랑을 치고
김장독 묻을 구덩이 팔 때는
헛삽질에 상처도 생겼었지
때론 헛삽질 같은 몹쓸 말로써
인연을 끊어버릴 짓은 하지 말자
진정한 삽질이란
농사철에 긴요하게 쓰는 연장처럼
꼭 필요한 말을 골라 한다면
자신을 더욱 빛나게 하겠지.

밤에 우는 새

붉은 노을에 불 지핀
애달픈 추억 속 그리움을
매몰찬 산 그림자가 데려간다

마음 하나 달라는 외로움에
가슴만 미어지는 홀로 아리랑

기다림의 고통을 망각한
슬픈 고동 소리는
처연하게 스며든
어둠에 움츠린다

창가에 서성이는 달빛이
임에 얼굴인가 싶어
밤새운 비련은 동그라미뿐

임 향한 그리움 못 잊어
베갯잇 적신 애달픈 연가는
꽉 다문 입술에서 흐른다

야속한 인연이 남긴 애증은
허벅지 퍼렇게 멍들게 한
지워지지 않는 비애

가슴 풀어헤친 갈망을 달래려고
시리도록 우는 새

단풍의 계절

메마른 가지 끝에 싹을 틔우고
연둣빛에서 단풍으로 변화기까지는
봄날의 따뜻한 햇볕도 있었겠지

여름날엔 숱한 비바람과
때론 목마른 가뭄에
숨 막힌 나날들 묵묵히 버텼을 거야

살아남기 위해 더 깊이 뿌리 내려
고난의 세월 어르고 품었을 인생
난 그 삶에 닮은꼴은 아닐까

어느새
단풍처럼 물든 중년이라서인지
부스스한 얼굴로 하늘에 푸념하듯
희로애락을 노래하는 시인이 되고 싶다

그리고
숙맥 같은 이슬방울 눈물뿐이라도
고운 단풍이 내 인생이었으면..

차 한잔의 설렘으로 詩를 짓고
나의 시 낭송에 눈시울 붉어지는
팬들이 많으면 참 좋겠다.

정유년

외양간 통나무 위에서
수탉의 회 치는 소리는
차디찬 시린 새벽을 뚫고

힘차게 솟아오르는
찬란한 태양을 가슴으로 안아
소망의 끈을 잡아맸던 정유년

여린 병아리 같은 글쟁이 꿈을 품고
펜을 잡은 손바닥이 후줄근하게
지우고 또 창작하던 고난의 시간

일 년이라는 나날을 알알이 꿰어
옥구슬 시어를 구르게 해준
스승님 은혜에 보답할 날이 있을까

아름다운 흔적의 달력을 찢기 전
가슴에 알을 품은 어미 닭처럼
보람과 기쁨을 한껏 누린
시인의 영애를 안은 것이 아닐는지

이 길이 나의 숙명이라면
기꺼이 올곧게 걸어가 보련다.

은하수

가슴이 아리도록
먼 하늘
쳐다본다

이 마음 그렁그렁
그 뉘가
알아줄까

먹구름 내 맘 아는지
은하수가
내린다

산철쭉

화창한 날씨에 이끌려
영장산 공원의 진한 봄을 만끽한다
손톱 크기만 하던 꽃봉오리가
아슴아슴 눈에 밟히더니
빗물이 휩쓸고 간 벚꽃의 그림자를
쉽사리 지우기도 전에
어느새 햇살에 농익은 철쭉이
사랑에 빠졌는지
앵두보다 붉은 입술 들이대며
몇 날을 엉켰던 꽃잎들이
정사를 끝내며 희끗희끗 바래간다
허망한 꽃대에 연둣빛이 열리고
뻐꾹새 울어주던 산자락에
노을빛으로 물드는 황혼 녘처럼
산철쭉 늙어가는 고단함은
가로등 불빛 아래서 꿈꾸고 있다

사랑은 그림자처럼

벌겋게 속살을 태우는 태양같이
뜨겁던 사랑은 영원할 줄 알았는데
계절의 변화에 무릎 꿇는 더위처럼
가을 달빛에 비틀비틀 스러진다

빗소리에 젖은 귀뚜리도 신음하고
갈대의 스산함이 깊어가는 가을
물밑의 그리움은 단풍처럼 물들어
노을을 앞세워 외로움에 젖는다

자꾸만 뒤돌아보는 연분홍 추억
발끝에 따라붙는 사랑의 그림자처럼
내 곁을 지켜주던 당신

지금 어디쯤 머무르나요

오늘도 어제처럼
갈색으로 타들어 가듯 한 가슴
낙엽 지는 거리에서 노을처럼 붉습니다

은빛 물결치면 만나려나.

청계산

성남 과천 의왕시의 경계선에
해발 6백 고지의 망경대 비롯해
산봉우리들이 아름답다

진초록을 뽐내던 나뭇잎들은
계절의 변화에 오색 옷을 갈아입고
계곡 물소리 따라 유유히 깊어간다

떨어지던 낙엽이
어깨를 툭 치며 소곤거리는 것은
여인의 몸매를 닮았다는
옥녀봉 능선을 따라 그리워하라고..

가파르고 아찔한 골짜기에는
귀여운 호랑이가 어슬렁거릴만큼
아름드리나무들이 울울창창합니다

인생길엔 오르막 내리막 있듯이
그 이치를 깨치며 산세에 동화됩니다

팍팍하고 고된 인생살이
산행하면서 흘린 땀으로 녹여내고
솔향 가득 품은 발걸음마다
붉게 탄 가을이 따라온다.

갈등을 찧는 밤

저녁노을 뉘엿뉘엿
어스름 내린 처마 끝에
단풍같이 붉은 달덩이를 걸어본다

타는 속 아픔을 달래보려고
뾰로통한 마음 덩어리를 찧듯
오해와 갈등의 소갈딱지 찧고 찧는다

실마리가 머릿속에 전율로 흐르면
단단한 껍질이 벗겨지듯
깊숙한 곳에서 풀어지는 헛헛한 미소

메어치고 둘러치듯 더듬어 봐도
콩고물로 화장을 한 맛있는 인절미는
내 가슴속엔 없었다

생활에 끼 많은 달인같이
오해와 불신의 싹이 자라기 전에
참기름 미소를 발라 삼켜버리련다.

가을비

산은 붉기만 한데
그리움에 젖은 가슴
붉지만은 않다

가지 못한 그 길은
단풍 지고
낙엽이 쌓였을 텐데

행여
어젯밤 빗줄기 따라갔을까

찬바람은 목울대를 지나
인생 무게의 명치에 머문다

그립다
오늘도 어제처럼 아프게도
푹푹 찔러댄다.

어머니 2

톡 터진 봉숭아 꽃씨
사방으로 튀어 봄에 움쩍거리더니
앞산에 뻐꾸기 울어 싹 틔울 때

꽃대 올려 꽃피우면
소쿠리 한가득 꽃잎 따다
절구에 찧어서 라면 봉지 잘라
손톱에 그 꽃물을 들이고 싶다

양지바른 뒤뜰 장독대 옆 달래 캐어
된장 속에 깊숙이 묻어 두었다가
밥반찬으로 밥숟가락에 얹어 주던
그 달래가 먹고 싶다

개구쟁이 시절 질긴 나일론 양말은
유난히 뒤꿈치에 구멍이 뻥 뚫리고

고된 일 마치고 호롱불 아래서
침침한 눈 비벼가며
구멍 뚫린 양말 꿰매주던 엄마

안방 서랍에 뒹구는 빵꾸난 양말이
엄마가 보고 싶은가 보다.

☆4부: 꿈틀거리는 꿈

깊이를 알 수 없는 외롭던 슬픔과
가슴 조이는 검붉은 각혈처럼
홍매의 꽃망울에 맺힌 울분으로
입술 피멍 들도록 숨죽여 울던 날~

사랑의 부재

예상치 못한 우한 코로나 19로 인해
인연과 인연 사이에 콩깍지처럼 끼어
소똥구리 같은 무거운 짐만 지운다

입으로 외치던 더불어 사는 삶의
진실은 어디 가고 전국으로 퍼진 바이러스
봄날 새싹처럼 환자들이 줄을 잇는다

따뜻한 것과 청결을 싫어하는 넌
냉정한 세상에서 온 돌연변이인가
정 많은 우리 민족을 이간질하고
신체접촉조차 멀리하란다

발 없고 손 없는 것아
내뱉는 기침에 숨어 공기 중에 옮겨 다니며
비열한 짓 좀 그만해라

코로나 19 예방수칙 잘 지켜
서로를 지켜주는 배려와 사랑으로
팔도강산에서 형체 없이 사라지는 날
다시는 찾지 말아라.

다시 피는 기쁨

온종일 대지와 밀어를 속삭이는
봄비 같은 겨울비가
깊은 사랑으로 적셨을까

여기저기 잉태한 생명을 해산하려는
신비스러운 태동이 시작되고

봄바람 살랑살랑 입김을 불어준 듯
산·들녘 설레던 나뭇가지에는
희망의 꽃눈들이 싹튼다

하나둘 꽃피는 날에
저마다 모양과 향기는 다르지만
잔뜩 기대한 탓인지 예쁘게 핀 꽃에
소리 없는 탄성이 나온다

하늘이 노랗도록 애쓴 시간을 잊고
팔불출 자랑질에 떠들썩한
그 기쁨도 잠시 추락하는 꽃잎들

화무십일홍의 꽃진 자리엔
열매들이 영글어 씨앗이 되고
겨울날 헐벗은 나목이 될지라도
또다시 봄날 같은 사랑을 품겠지.

한 줌의 바람이려나

바람 가는 길을 알 수 없듯이
나의 인생길 정답이 무엇인지
또 언제쯤 맥박이 멈출지 모르지만
주어진 선물 오늘이라는 길을 간다

담벼락에 부닥치면 돌아가고
소용돌이친 태풍의 생채기 난 자존심
때론 불같이 화가 나도
분별없이 삼킨 울분마저 내리련다.

어디 인생살이 만만할까마는
허튼 입방아의 돌멩이 맞은 헛헛함도
내 욕심이 돌부리에 넘어져도
툴툴 털고 묵묵히 걷던 길을 가련다.

하여, 바람처럼 가는
세월을 탓하지만은 않으련다.

바람이 멎은 평온이 찾아들면
인생 정거장에서 쉬고 싶은 날에
바보처럼 살지 않겠다고
가슴에 묵직하게 새기련다.

가을날엔

항아리 속 깊은 맛과
단풍에 젖어 든
그리움과 아픔을
가을 풍경의 실을 뽑아
달빛에다 수를 놓듯
하나둘 꿰맨다.

멍석 깔린 길

오늘은 일이 일찍 끝나
친정집에서 저녁을 먹고
소화도 시킬 겸 공원으로
어머니와 산책하러 나갔다
연분홍 여린 꽃망울
하나둘 피기 시작하자
상춘객 맞을 준비를 한 것인지
황톳길에 멍석이 카펫처럼 깔렸다
웨딩마치에 행진하듯
머리엔 하얀 꽃잎이 내려앉아
멍석 위에 사뿐사뿐 걸으시는
젊은 날 고우신 어머니 모습을
저녁노을이 감췄나
세월의 뒤안길에서
하얀 백발과 주름은 무색하였으리라
가로등이 폭죽처럼 줄지어 켜질 때
하얀 벚나무 들러리 선 그 길을 걷는
새색시 붉힌 얼굴엔
하얗게 웃는 벚꽃이 활짝 피었다.

찔레꽃

개울가에 활짝 핀 찔레꽃
개구쟁이들 배고픔 달래주며
벌 나비들 놀이터였었지

새아씨 분 냄새 같은 꽃내음에
곤충들이 넘나들며 꽃가루를 싣듯
고단했던 세월은 어느덧 이순

꽃 피던 유월 가시에 놀란 사랑은
장맛비처럼 흐르던 슬픈 기억으로
가지마다 알싸한 멍울로 맺혔다

가을이면 여문 씨앗을 품어
열심히 살아온 감정의 운율 속에
여생은 찔레 열매같이 빨갛게 익어가련다.

해바라기 마을

가슴속에 꼬깃꼬깃 간직했던
보물찾기 쪽지를 펼쳐보듯
지도를 펴고 점을 찍는다

삶에 찌들어 쪼그라든 심장은
일상탈출의 멜로디에 설렌 마음이
풍선처럼 부풀어 오르고

어린 손자들과 함께했던 시간
재롱에 흐뭇한 초록빛 행복을
여름날의 한 폭의 수채화로 물들이고

나무 그늘 드리운 계곡 물소리가
소음에 귀먹고 매연에 눈먼
혼탁했던 마음을 씻어
동심에 첨벙거리며 물고기 잡던 행복

온 누리엔 노란 꽃물결이 출렁거리고
해바라기같이 웃음 짓는 사진으로
추억 몇 장 걸어 두련다.

앵앵거린 모깃소리와 풀벌레 합창에
밤잠을 설쳤는지 돌아오는 길은
바람 빠진 풍선처럼 구겨졌다.

절인 배추처럼

단풍의 아릿한 사랑을 뒤로한 채
마지막 잎새마저 바람에 놓아주고
찬 서리에 헐벗은 나신을 내보인다

겨울날의 마음은
김장철 쌓인 배추처럼 걱정이 앞서고
정성 담아 자식들에게 나누시는
어버이 사랑은 고춧가루처럼 붉다

그래도 동생이라고 알뜰살뜰 챙겨주며
김장하러 오라는 언니의 부름은
가게 일로 바빠서 못 간다며
미루고 미루어 놓은 숙제 같았다

그땐, 왜 그리 언니 마음을 몰랐을까

시름시름 앓던 언니가 떠난 후에야
김장철이 다가오면 애써 묻어 둔
김장독 같은 슬픔이 되살아나
절인 배추처럼 가슴이 무너진다.

정

봄비에
젖어 들듯
명치 끝 매단 사랑

꽃망울
터트리는
애달픈 그리움아

춘삼월
홍매화같이
야릇하게 붉구나!

파란 하늘 속 목련

푸른 하늘 도화지 속에
흔들리는 목련꽃처럼
당신을 향해 자꾸 쏠리는 마음
봄바람에 사뿐사뿐 묻어간다

뽀얀 속 살에 하얀 그리움 새겨
가슴에 붉게 자라던 그리움은
하늘을 자주 쳐다보게 한다

멈출 수 없는 이 콩닥거림은
사랑일까 연민일까

날아갈 것 같은 화창한 햇살에
활짝 핀 목련꽃같이
촉촉해지기 전의 목마름인가
보고 싶은 마음 부추긴다.

연길

인기척이 드문 새벽길
풍상에 시달려 밤잠을 설친 듯
핏기없는 얼굴로 내려다보는 달아

싸늘한 눈빛에 마음이 오그라들고
눈길조차 보낼 수 없는 냉랭함에
따뜻하던 심장이 굳을 통증이 온다

얽히고설킨 전깃줄에 매달린 사연
차마 말 못 하는 마음 훔친 갈바람에
파리하게 야위어 가는 몸뚱어리

보름달은 휘둥그런데
그믐밤처럼 캄캄한 마음이 내려앉아
너를 쳐다보는 눈앞이 그렁그렁하다

기울었던 달이 차오르고
좋은 날에 햇살 내리는 태양처럼
내 마음속엔 동그라미가 있어 좋다.

문풍지가 운다

외로운 섬에 머문 것처럼
메마른 사랑과 고독한 삶에
파리하게 야위어 가는
뒤틀린 영혼이 어깃장을 놓는다

그리움에 빈 가슴 될지라도
스쳐 간 사랑은 내 것일 수 없다고
정든 마음 떨치려 애를 써봐도
더 찰싹 엉겨 붙는 애달픈 심사

슬플 때나 눈물이 날 때
미칠 만큼 웃고 소리를 질러봐도
내 가슴이 통곡한다

허기진 사랑이 하얗게 지새울 때
울고 싶은 마음을 헤아렸는지
파르르 떠는 문풍지 피리 소리가
가슴 찡하게도 더 그립게 한다

고달픈 삶 속에
철없는 사랑이 사치가 될지라도
사랑에 빠지고 싶은 심장이
북을 치듯 둥둥거린다.

상흔

한순간의 방종으로
민족의 가슴에 대못을 박고
승자도 패자도 없는 선을 그어놓고
총부리 마주하며 눈알을 부라린다

평온했던 새벽녘 포화 소리에
남으로 남으로 떠밀린 피난 길
산천에 핏물이 흥건한 시체를 넘어
살아남아만 했던 처절함이 선하다

금방 돌아갈 줄 알았던 고향 집 생각
임진각에서 바라보는 북녘땅
만날 기약도 없는 이산가족 백발만 는다

막걸릿잔에 석양 노을 일렁이면
혈육이 그리워 가슴 미어질 텐데
얼마나 통일을 기다렸을까

러닝셔츠에 소금꽃 피던 날에도
장승처럼 먼 하늘만 바라보는 세월
팔천만이 바라는 통일
이젠, 그 숙원 풀렸으면 좋겠다.

진달래

연분홍
고운 자태
햇살에 활짝 웃고

싱그런 봄바람에
치마폭
흔드는데

민생고 해결하자니
슬픈 여우
외롭다

꿈틀거리는 꿈

깊이를 알 수 없는 외로움과 슬픔이
가슴 조이는 검붉은 각혈처럼
홍매의 꽃망울에 맺힌 울분으로
입술 피멍 들도록 숨죽여 울던 날

가슴 쓸어내리며 쓰고 쓴 사연
스미지 못한 찢어진 마음을 붙잡아
해진 양말 뒤꿈치 꿰맨 느낌처럼
되살린 감성을 표출하련다

아름다운 것에 웃을 줄 알고
옳은 것에 손뼉 칠 가슴으로
남의 아픔마저 헤아릴 안목을 길러
위로할 수 있는 글로

절망에서도 희망의 끈을 붙잡아
꿋꿋이 살아주기를 바라면서
명품 시어로 명작을 꿈꾸며
여운과 감동 주는 글쟁이고 싶다.

우렁각시

새벽잠을 설쳐가며 시작한
일과를 마치고 지하철을 탈 때면
큰 봉지에 깡통 소리 요란하다

골목길 들 때면 지치고 힘든 나를
휘영청 밝은 달은 기다렸다는 듯이
땀방울 맺힌 가슴에 안겨든다

노곤함에 주저앉을 발걸음
보름달이 지켜주는 밤이런가
가득 찬 봉지를 든 삶의 애환
처진 어깨가 긴 그림자로 휘적인다

던져버리고 싶은 비닐봉지
지독한 냄새도 개의치 않았던 것은
부모님 일에 도움이 되고 싶은 마음뿐
대문 간에 놓고 나온 밤이 깊다.

수다

곱게 물든 낙엽 위에
지나온 세월의 아름다웠던 날들을
빨강 노랑 물감으로 콕 찍어봅니다

계절마다 느낌 다르듯이
삶의 마디마다 굴곡진 인생 이야기가
늙은 호박처럼 맛있게도 익어가는데

팔팔한 청춘인 막내딸은
핑크빛 사랑에 물들었나 봅니다

늦은 밤이든 새벽이든
자유롭게 희희낙락 수다 떨다가
배고프면 맛집을 찾아가는지
휑한 어미 가슴에 간지럼 태웁니다.

단풍 같은 행복이 얼굴에 피어나고
서로 아끼며 배려하는 고운 모습에
그런 사랑 하나 있었으면 하는
질투의 고개가 쭈뼛거린다.

그리운 사랑아

가슴 아릿한 낮달은
임 그리다 지친 야윈 내 얼굴이런가
동백꽃보다 붉던
내 입술이 파리하도록 변해가는데

시린 달은 미루나무 걸터앉아

슬프디슬픈 얼굴로
삭정이 되어가는 내 모습
차마 볼 수 없다는 듯
애잔한 마음 전할 사랑을

가슴으로 끌어안고 쓰다듬어
몽돌 같은 애달픈 기다림
지친 발걸음 옮기는 곳마다
자박자박 따라오는 그리움에
뭉클한 심장이여

새벽녘 불타던 정열이 사위어
눈물 나게 그립고 그리운 임의 얼굴
언제나 볼 수나 있을는지

얄밉기만 한 낮달.

마른 가지 사이로

봄볕이 어깨에 내려앉고
봄바람은 고독을 감싸 안는 산책길
지난봄 추억이 손짓하며 나를 부른다

명자꽃 벚꽃은 가지에서
아직 피지 못한 멍울로 대롱거리고
진달래는 먼발치에서
수줍은 얼굴 내밀고 나를 반기니

코로나로 침울하던 차에
아지랑이 같은 미소가 배시시 하고
새싹처럼 환하게 피어난다

그리움이 바람을 타고 흐르면
봉긋한 꽃망울 같은 가슴도 콩닥거리고
산죽의 푸른 잎이 한가히 노니는
산등성이 앉은 민낯이 붉어진다

연일 톡톡 울리는 확진자의 알림은
오가지도 못하는 긴장감에
싸늘한 경계 눈빛이지만

진달래 꽃봉 같은 연분홍 그리움은
나무를 타고 흐르는 수액처럼
늘 그대 곁에 머물 봄날을 그린다.

붕대, 마음도 싸매주나요

돌 틈 사이라도 필 수밖에 없고
맘대로 할 수 없는 인생살이
피하고 싶어도 꼭 가야 할 길이기에
강박관념에 가슴이 들썩였다

지치고 버거워서 상처투성인 마음
동일 붕대 하나 어디 없나요
고통에 찬 신음 새어나갈까
입술이 터지도록 깨물어 본다

잦은 바람에도 흔들리고 꺾일세라
바위 뒤에 숨어 숨죽여 울어도
막다른 길목처럼 다른 길은 없기에
파르르 떨리는 몸짓으로 버틴다

끝내 그 연약함 마저 내려놓고
온몸으로 세찬 비바람 맞으며
들꽃으로 피어 있어야 하는
풀잎 끝에 맺힌 이슬 같은 너

내 삶에 견줄 만하다.

새봄에 싹이 트듯

가을에 예쁘게 물든 단풍잎이
들쭉날쭉 솟아오른 돌무덤에 끼여
사연을 하소연하듯 나풀거린다

소망을 쌓듯 정성스레 쌓았던
공든 탑이 무너지는 것 같은 허망함
지난 세월 멍울이 되어
뻥 뚫린 가슴처럼 시리고 아팠다

빛이 보이기는커녕
밑 빠진 항아리처럼 물 새듯 하던 돈
뜻대로 되는 일이 없던 지친 삶에
세월의 무게만 더께 진 주름살

답답한 마음에 산행을 해봐도
겨울 나목은 내 모습인 듯하고
남한산성 칼바람에 머플러만 쓸쓸하다

저마다 숙명적인 인생일진대
풍상을 견디던 숱한 돌멩이 인내에
축축한 이끼만 끼듯이
포기하고 살았던 나날도 많았지만

그래도
내 마음에 희망의 돌 하나 얹어본다.

강가에서

쓸려 내려가는 것들은
살아있는 것들의 아픔이었다
울부짖는 아우성과 하늘의 흔들림
떠내려가는 그도 울고
그를 바라보는 노모도 울었다
홍수에 휩쓸려 가는 것들은
모두의 아픔이었다
급한 물살에 허우적대는 그의 눈동자
간절한 소망의 줄을 놓고 끝내 눈을 감았다
노모의 마음도 그 아들과 함께 떠내려가
강물 위에 표류하고
무너진 삶의 터전은 주인을 잃고
이리저리 휩쓸려 다녀도 돌아보는 이 하나 없다
어느 낚시꾼이 던진
따뜻한 말 한마디에 걸려
표류하던 강에서 희망을 건져 올려
축축한 오늘을 말리고
어깨에 메인 무거운 짐은 벗어버리자
내려앉은 마음에 희망의 깃발 하나 세우고
푸른 하늘 보고 크게 한번 웃어본다.

☆5부: 단풍보다 붉은 그리움

밤이슬에 젖은 단풍잎이
달빛에 어찌 말렸는지
울적함이 주르륵 흘러내리는 새벽녘...

흔들리는 3월

저 언덕 넘어
아지랑이 피어오르면
가슴에 쌓인 비밀스러운 언어들
톡톡 튀는 햇볕 좋은 봄날

그리움에 지쳐갈 때쯤
그대 오는 소리 달그락달그락
온몸에 전율이 흘렀으면..

젖은 어깨 감싼 손길 스치면
포근한 정에 숨이 멈추고
보고 싶었다는 말 대신 긴 입맞춤

옷깃 여민 사이로 삐져나온 그리움
봄볕 빚은 눈물이 쏟아지고
가슴 저밀 던 밀어가 스멀거린다

두고 온 추억이 따라오는
파릇파릇한 봄날은
바람 불어 흔들리고 나부낀다.

단풍보다 붉은 그리움

파란 색종이 같은 하늘에다
빨강 노랑 크레파스로
가을을 색칠하련다

밤이슬에 젖은 단풍잎이
달빛에 어찌 말렸는지
울적함이 주르륵 흘러내리는
새벽녘...

단풍보다 붉고
은행잎보다 노란 사연
향낭 같은 그리움이 피어난다.

고난을 넘어

사람에겐 나이가 있듯
대나무 마디에서 마디를 넘길 때마다
아픔과 시련은 얼마큼일까

새소리와 바람의 청아한 소리도
수많은 잎새가 흐느낀 소리도
삭풍이 삼켜버렸는지 스산하다

대나무처럼 올곧게 살고 싶은데도
인생의 마디가 꺾이고 찢기는 아픔은
한숨의 먹구름 되어 가슴에 깔린다

대나무에 흘러내리는 이슬처럼
푸른 의지의 눈물로 죽순을 키우듯
다지고 다졌던 지난날들

응어리 같은 마디가 비움을 창출하듯
텅 빈 대나무 속처럼 비웠던 세월이
바지랑대같이 길고 아렸다

굴곡 없이 넘어갈 수 없을까
아픔만큼 성숙해진 마디의 진리로
생각과 마음을 키워본다.

제목 : 고난을 넘어
시낭송 : 박영애
스마트폰으로 QR 코드를 스캔하면
시낭송을 감상할 수 있습니다.

허수아비

세월의 무게를 감추듯
빛바랜 헐렁한 옷 한 벌 걸치고
가을볕에 알곡들이 살찌면
참새들 숨바꼭질에 목이 쉬고
팔다리 너덜너덜해진 어깨에
처연한 달빛이 내리면
황망히 가을은 간다.

꽃잎 차

긴 겨울을 견딘 나목
움트는 기운을 모아
꽃봉오리로 맺히는 설렘

온 천지 붉디붉은 영산홍
밀물처럼 밀려오는 기쁨이
몇 날을 채우지도 못한 봄날
새벽바람에 놀란 꽃잎이
나뭇잎처럼 떨어져만 간다

그 꽃잎 지르밟고 가는 길은
어깨를 짓누르던 삶에 통곡하며
서럽고 아팠던 인생 더듬어 갈 때

찌꺼기처럼 버려질 시간 붙잡아
가는 봄 여유롭게 바라볼 수 있는
나에게 딱 좋은 방법 찾아서

오늘을 풍요롭게 써 내려갈
내면의 고뇌에서 나를 추스르며
꽃잎 차 한잔 마시는 여유가 참 좋다.

꽃이 되는 사람들

소나기 마을
정경을 보는 순간
풋풋한 추억이 새록새록 하는 건

어린 시절 수숫대로 만든
고깔 움막에서 이야기꽃 피우던
그 행복 아련하게 밀려와서다

가을이 멱을 감은 것일까
두물머리에 비친 풍경은 그대로이건만
강물은 말없이 추억을 떠밀고 간다

강가 지천으로 피어있는
알록달록 예쁜 꽃 속으로 숨듯이
추억을 만들며 사진 찍는 연인들
소싯적 동심을 꾸려나 보다.

바람 부는 날

봄날에 이마의 땀을 식혀주는
실바람이 살갗을 스칠 땐
손끝만 시리면 되는 줄 알았습니다

희망에 고개 튼 절망 같은
거센 바람이 가슴을 때릴 때
남은 인생길에 쓰라린 아픔은
더는 없을 거로 생각했습니다

바람 앞에 등불이 꺼질 듯
벼랑 끝에 대롱대롱 매달린 것처럼
삶이 송두리째 뽑히겠다는 생각 들 때

태풍에 휩쓸린 고통
다시는 없기를
두 손 모아 빌었습니다

사랑하는 사람을 만났을 때
슬픔과 불행은 비껴가고

오직
행복과 기쁨이 충만한
꽃바람만 불었으면 좋겠습니다.

뜻밖의 선물

목련보다 순결하고
장미꽃보다 붉은 심장을 가진
보배로운 향기가 내 곁에 머문다

오케스트라처럼 거창하진 않아도
가슴에 와닿는 한 구절의 유행가처럼
운율과 두근거림이 좋다

깍지낀 손끝에 정이 흐르는
산책길은 나비처럼 나풀거리고
빽빽한 나무 사이 볕뉘의 축복이 눈부시다

가슴 벅차오른 감동의 눈물이 나고
빛나는 별빛의 아름다움이
살포시 옷섶에 내려앉는다

새싹처럼 돋아나려는 열꽃
봄볕에 내비치고
나뭇가지에 걸어 놓은 밀어로
산새는 노래 부른다

봄날에
진달래 꽃봉처럼 가슴 봉긋한 마음
그대는 아시려나?

다시 찾은 희망

사공의 노랫가락이 흥겨워
물살을 가르는 날렵함
적삼에 배인 땀방울만큼이나 신났지

여름 장마에 발이 묶여 동동거리는 날엔
뱃전에 휑한 바람 스산하고
풀 섶에 내려앉은 통곡은
이별을 고하는 아픔이었다

옹이 박히도록 노 젖는 사공
허리춤에 매인 무명 끈이 해지도록
미소와 눈물 흘린 긴 이야기에
세월 잊은 듯 손 놓았던 상념을 털고

낡은 송판을 갈아 끼워 덧칠하고
문명의 힘으로 모터를 달아
다시 강의 물살을 갈라보자.

가을 행사

신인 문학상 수상을 기다리며
당선 소감문에 골몰하던 때가
엊그제 같은데 신인분들 수상을
축하하려 열차에 올랐다.

스치는 들녘은 황금 물결 되어가고
플라타너스도 계절에 반응하며
미련 없이 제 갈 길 가는 사람들처럼
가을도 갈 길이 바쁜가 보다

국화꽃 감성으로 그려낸 옥고가
빛을 발해 등단의 영광에 오른 신인들
설레고 가슴 떨려올 건데
수상소감 발표는 잘할 수 있을까

좋은 글쟁이로
길이 남기를 바라는 마음 보태련다.

내가 걸어왔던 길이었지만
코스모스 정을 나누고
배려하고 격려하는 청아한 하늘처럼
시심이 묻어있는 감성으로
멋진 글을 빚어내길 바라본다.

꽃은 스러지고

북풍한설에 힘겹던 나날들
고독마저 해풍에 시달리고
붉은 꽃잎으로 몸서리치며 지샌 밤
횅한 가슴에 바람이 분다

차고 이지러지는 달빛이
시리도록 아릿한 밤에도 임 그리며
서성이던 그림자는 잠 못 이룬다

동지섣달 긴긴밤
오로지 그대만을 바라보는 여심은
까칠한 새벽녘인데도 홀로 외롭다

뭇 사내의 유혹에도
절개의 사랑마저 외면당한 채
바람에 휘날리듯 떨구고 만 청춘

붉디붉은 사랑의 한 서림인가
떨어진 꽃송이조차 눈을 감지 못한
피맺힌 사랑이었나!

어떤 약속

언제 오겠다는 기약도
연락처도 남기지 않은 채
달랑 글 한 줄만 남기고 간
쓸쓸한 빈자리 진눈깨비가 멈칫한다

"날이 좋으면 나오세요
비가 오면 나오시지 마세요"

아지랑이처럼
가슴 밑바닥 설레던 그리움은
비에 젖은 옷가지인 양
싸늘한 마음 붙잡는 듯하다

뿌리치지 못한 마음
회색 담장에 봄볕이 찾아들면
발그레한 꽃으로 치장하고
기약 없이 떠난 임 기다릴까?

질투

가슴 찌르는
창끝 같은 말은
서로의 마음에
멍들게 하고

어리숙한 오해의 말은
신뢰를 흔드는
졸렬함이
평생 고통이다

소중한 너

날씬하고 쭉 뻗은 몸매를
시골 텃밭에서나 볼 수 있었는데
이젠 시장에 다소곳이 누워있다

뿌리를 잘라내고 껍질 벗기니
뽀얀 자태에 풀어헤친 청록빛이
볼수록 탐나는 매끄러운 살결로
손끝에 묻어나는 촉감이 좋다

라면에 어슷어슷 잘라 넣고
무침에 동그랗게 웃는 얼굴 그려주고
갈비양념에 도톰하게 썰어주는
참 쓸모가 많은 그대

김장철엔 갖은양념과 숙성하여
무 배춧속을 채워주는 존재감으로
꼭 필요한 곳에 감칠맛 창출한다

검은 뿌리 하얀 뿌리가 될 때쯤
새봄이 성큼 다가오겠지
그때의 김장은 어떤 맛일까?

꽃불이 번지면

짧기만 한 해거름에
두꺼운 외투로 감싼 가슴을
삼월의 훈풍이 온몸으로 맞이한다

칼바람 부는 만큼 움츠리며
홀로 아팠던 상처 아우른 나날들
봄볕이 베푼 꿈은 벙근다

봄 처녀 설렘 같은 물오른 두견화
분홍빛 수줍은 미소에 마음 빼앗겨
외롭고 쓸쓸했던 마음 온데간데없고

울긋불긋 꽃불이 온산에 타올라
상춘객 카메라 세례의 황홀한 봄날
뒤엉킨 가슴엔 꽃물이 흥건하다

미술전시관을 둘러보니
화가의 붓끝에서 한 폭의 명화로
사시사철 흐드러지게 피어있는
연분홍 참 곱기도 하다.

친구야

어여쁜 마음의 몸짓인가
친구 하고픔에 속마음 내밀 적
해넘이 석양빛은 저물어 가지만
마음은 언제나 청춘이다.

옆구리 시린 날에는
털목도리 같은 정이 그리워
은행잎에 사연 실은 편지 띄우면
곱게 물든 단풍 자박자박 지르밟고
고운 임 오시려나

마음 빗장 조금 열어
홍시 한입 베어 문 달곰함으로
달빛 걸어두고 정담 나누는 날에는
가슴에 고운 사연 가득 채우고 싶다

단풍 깔린 돌담길 돌아
맑고 고운 날 꽃신 신고 오시려나
더딘 행보에 마음은 동구 밖까지
벌써 까치발 들고 서 있네.

버려진 벽시계

찬 서리 내린 아침에
화려했던 전성시대가 끝났는지
시계추는 거꾸로 매달렸다

밤새 무슨 일이 있었길래
쉼 없이 달려온 너일 텐데
칼바람 부는 새벽녘에
이런 냉대를 받아야 하나

잦은 고장에 쓸모없다 하여
냉정히 버림받았는지
시계추는 금빛을 뿌리면서도
아무 말이 없다

하소연할 곳도 없는 걸까
네 영혼이 있다면 어디로 가야 할지
노심초사에 갈 곳 없는 고장 난 벽시계

푸념 받아줄 친구도 없이
제 할 일 다 하고 생을 마쳤는데도
제 몸 뉠 공간도 없는 신세 처량하다

죽어서도 갈 곳 없는 넌
전봇대에 기대앉아 체념한 듯
며칠째 내 눈에 밟힌다.

반쪽 사랑

버거운 삶의 세상 문은
두려움과 어둠 속에서 불안해하여
빛줄기 찾아 헤매지만

소리 없이 다가온 어둠의 그림자
파란 하늘을 쑥대밭으로 만들고
분노와 허무라는 재만 남겼다

태풍이 휩쓸고 지나간 자리
쓰레기 더미의 허탈감에 빠져들고
빛이 없는 긴 터널처럼

희망이 보이지 않아 비틀거릴 때
한쪽 바퀴로 삐거덕 거리며 가는
인생길 서럽고 더디다

사랑에 목말라 아우성치는 아이들
돌볼 겨를 없이 지쳐가는 삶

여름날 잘 익은 수박같이
달고 맛있는 온전한 사랑 주며
반듯하니 곱게 키우고 싶었는데
반쪽 사랑 되어 가슴이 절뚝거린다.

그리운 임아

보고 있어도 보고 싶은 사람인데
사무친 마음 담은
밤이 희뿌옇다

이렇게,
먼 길 오지 못할 사랑이라면
정이나 주지 말지

산등성이 마주 보는 보름달은
뉘 가슴을 미어지게 하려고
저리도 밝단 말인가

임 그리워 몸서리치는 밤이면
늦도록 휴대폰을
만지작거리며 쪽잠 자는
하루가 비틀거린다

빗장을 걸어둔 대문을 열고
새벽 서리 맞으며
그대 오시려나

수수한 얼굴로 맞이하고픈
임이시여!

무궁화

어릴 적 사과나무에 두 눈을 가리고
"무궁화꽃이 피었습니다"
세 번을 외치고 술래잡기하던 벗들
대한의 건아로 늠름하였을 청춘들

무더운 한 계절의 흐름 속에
백의민족의 혼으로 피고 지던 꽃

일제강점기 팔만 그루가 불타버린
굴욕적인 만행에 치를 떨던 세월
수많은 조상님 피와 눈물로 얼룩진
역사 속에 피고 진 통한의 꽃을
이젠, 가슴으로 피워보자

형형색색의 무궁화가 많지만
삼천리 화려강산에 핀 적단심계
근화향이라 불리던 명성답게
무궁화 핀 대한민국을 자랑스럽게 여기자

대대손손 가슴에 피는 꽃
한마음 한뜻으로
대한민국 영원하기를 바라며
무궁화를 사랑하자

김금자 시집

2020년 5월 14일 초판 1쇄
2020년 5월 21일 발행
지 은 이 : 김금자
펴 낸 이 : 김락호
디자인 편집 : 이은희
기 획 : 시사랑음악사랑
연 락 처 : 1899-1341
홈페이지 주소 : www.poemmusic.net
E-Mail : poemarts@hanmail.net

정가 : 10,000원
ISBN : 979-11-6284-208-9